JULES DE BLAINVILLE.

MES CHANSONS

(1ʳᵉ Livraison.)

POUR FAIRE UNE CHANSON

AIR : *Pour faire un nid.*

Vous me demandez, ma mignonne,
Comment on fait une chanson ;
Je voudrais, petite friponne,
Vous donner une autre leçon.
Je ne sais vraiment comment faire,
On dit bien : Vouloir c'est pouvoir.
Je dis : (tout en voulant vous plaire),
Pour enseigner, il faut savoir.

Afin de chanter à la ronde
Le vin, la gloire et vos appas ;
Il faut une verve féconde,
Il faut..... tout ce que je n'ai pas.

Dédaignant la froide étiquette,
Nos bons aïeux, le verre en main,
Dans le champagne et la piquette,
Ont trouvé plus d'un gai refrain.
De Désaugiers l'aimable Muse
Siégeait jadis sur un tonneau ;
La mienne, si je ne m'abuse,
Est triste et ne boit que de l'eau.

Afin de chanter, etc.

De la France victorieuse,
Dois-je célébrer les succès ?
La critique est malicieuse,
Et je redoute ses excès.
Il me semble que sa main trace
Ces mots : Vite, il faut te ranger,
Ou bien dis-moi si tu remplace
Émile Debraux, Béranger.

    Afin de chanter, etc.

Voulez-vous vaincre les obstacles
Qui me retiennent en ce jour ?
Voulez-vous, faisant des miracles !
Me transformer en Troubadour ?
Dites un mot, ma toute belle,
Et je pourrai, poète heureux,
Ma Muse n'étant plus rebelle,
Chanter l'Amour et vos beaux yeux.

    Afin de chanter, etc.

Propriété de **M. Le Bailly,** *éditeur de musique,*
rue Cardinale, 6.

LE PÈLERINAGE

A LA

BUTTE MONTMARTRE

RONDE.

Air de la *Ronde du Sou*, ou de la *Petite Margot.*

Salut à toi, salut butte Montmartre !
A ton aspect, je me sens rajeunir.
Sur tes gazons, enfant, j'allais m'ébattre ;
Devenu vieux, j'y cherche un souvenir.

Que vois-je, hélas! après vingt ans d'absence,
Plus de gazons, plus d'épis, plus de fleurs!
Montons toujours; quoi! toujours le silence;
Mais où sont donc tous tes joyeux buveurs?

Ah! oui, j'y suis, au *Moulin d' la Galette,*
Je trouverai du moins un souvenir;
Mais les buveurs, le pain bis, la piquette
Ont disparu pour ne plus revenir.

En regardant devant moi dans l'espace,
Oui, j'ai compris, rien ne dure ici-bas!
Moulin, palais, femme ou fleur, tout s'efface,
Comme ce sable effacé sous mes pas.

Mais tout là-bas, je vois briller un dôme?
C'est l'Institut, oui, j'en vois le fronton;
A mes regards il paraît un atome;
Dieu dans sa main tient le monde, dit-on!

Mais faisons trève à ma philosophie,
Cherchons plus loin de plus riants tableaux.
Oh! prête-moi, sémillante Folie,
Ton gai hochet pour gravir ces coteaux.

Oui, ce hochet, dont ma folle jeunesse
Joyeusement agita les grelots,
Et qui me fit oublier la sagesse,
De qui dépend les bons ou mauvais lots.

Sur ces hauteurs dominant la grand' ville.
Souvent la lune éclaira mes ébats;
Et j'ai parfois au bois de Romainville,
Cueilli des roses, en cueillant des lilas!

De la Folie la marotte inconstante
M'a transporté dans les bois de Meudon;
Et j'y revois de Fanny, fille aimante,
Sur un bouleau, le nom près de mon nom!

Voilà Saint-Cloud, holà ! gais camarades,
Vite, assiégeons et pâtés et melons ;
Et puis de vin ayant bu des rasades,
Nous entonnions .. un chœur de mirlitons !

Vive l'amour, vive la folle ivresse,
Vive Saint-Ouen, vive Montmorency !
J'avais vingt ans, j'avais une maîtresse,
(C'est pour rimer que je dis une ici).

O temps heureux, combien je vous regrette !
Vous n'êtes plus ! et, mirages trompeurs,
J'entends la voix d'une fraîche grisette,
Le vent m'envoie des lilas les senteurs !

Je vois là-bas les rivages d'Asnière,
De Tivoli les marronniers en fleurs ;
Quel est ce bruit ? oh ! c'est de la Chaumière
Les gais refrains, les joyeuses clameurs !

Mais près de moi quelle est donc cette pierre
Que le boulet atteignit en passant ?
Je me souviens, oui, voilà la poussière
Que souleva le coursier d'un hulan !

Jusqu'à mes pieds, comme une mer immense,
Monte et s'étend l'Océan parisien.
Montmartre, adieu, je n'ai pas la science
De te prédire ou le mal ou le bien.

Mais laisse-moi cette douce espérance :
Sois forte encor si venait le danger !
Que mes enfants, oh ! que jamais la France,
Sur ton sommet ne voient l'étranger.

Soudain, je vois le drapeau tricolore
Flotter là-haut sur une blanche tour;
C'est Malakoff. Ah ! pour mon cœur encore,
Dieu m'a gardé, je le vois, un beau jour !

LA TIREUSE DE CARTES

CHANSONNETTE COMIQUE.

Musique de A. MARQUERIE.

La musique se trouve chez l'Éditeur, 10, rue Jacques-de-Brosse.

(Elle fait son entrée en pleurant).

PARLÉ : Eh ben ! quand vous s'rez tous là à me r'garder comme ça !... *(Elle ouvre une grande bouche.)* C'est donc gentil c' que vous faites là ?... Vous n'avez donc jamais vu pleurer une femme ? Et c' t'autr' là-bas ! Oui, vous là-bas, qui fourrez vot' nez dans vot' panama, pour qu'on n' vous voye pas rire... Eh ben ! vous faites aussi bien d' vous cacher, ça prouve qui vous reste encore un brin d' pudeur .. Ah ! *june* homme, si vous aviez vu c' que j'ai vu, si vous aviez tété ousque j'ai tété z'hier au soir, vous aureriez tout comme moi l' cœur tout affadi... vous... vous...

REFRAIN.

Ah! ah! ah! ah!
Je veux bien que le diable m'emporte!
Si jamais j'abandonne ma porte !..
J' n' irai plus, c'est certain,
Non, jamais, c'est certain,
Bien certain,
Très certain,
A la Porte,
A la Porte Saint-Martin!

Moi, qu'a toujours eu l' cœur sensible
Et qui possède un fonds d' chagrin,
Je m' dis, allons voir du risible,
P'êtr' ben qu' ça m' chang'ra z'un p'tit brin. *(bis.)*
Sitôt dit, sitôt fait, j' déloge,
J'embrass' mon chéri t'en partant,
Et j' lui dis, mon vieux, gard' la loge,
J' te rapport'rai, z'en revenant,
Pour deux sous d' flan.

J' m'en vas donc voir c'te fameuse *Tireuse de cartes*, que je m' dis
en route ; j' vas t'y rire... j' vas t'y rire !... C'est drôle tout d' même
que Mam' Laurent ait consenti à jouer un rôle comique... Après ça,
que j' me rajoute, j' sais ben que les grandes *aqueutrices*, ça veut plaire
à tout l' monde, çà aime à être *claquée partout*. Si c'est vrai,
comme on me l'a t'assuré, qu'allé donne des consultations dans les
entr'actes, j' m'en f'rai pas faute.. j' commenc'rai par lui d'mander...
eh ben ! de quoi ? t'à la queue ! allez-vous pas vous vouloir m' passer
sus l' corps tout à l'heure ?... Comment ? ça n' s'rait pas à faire !
qu'est-ce que vous entendez par là ? ah ! mais, ah ! mais.. Tiens,
v'là qu'on entre, c'est pas dommage ; trois heures sur les jambes...
j' vas donc pouvoir *m'assire* un peu... ah ! pus d' place !... va falloir
rester d' bout, guignon de guignon !...

Ah ! ah ! ah ! ah ! etc.

Je n' suis pas longtemps dans l'attente,
V' là l'orchestre qui fait frou frou :
La toil' se lèv', et ça r'présente
Un p'tit bambin qui fait joujou.   (*bis*.)
On m' dit qu' c'est l' fils de la nourrice.
J'aperçois t'aussi z'un berceau :
Ah Dieu ! qu' ces auteurs ont du vice,
I' vous font toujours du nouveau.
     Qu' ça va-t-être beau !

Oui, un berceau, un vrai berceau qui vous tourne le dos... chut !
j'aperçois la nourrice, une grosse réjouie, qu'est gaie comme un
bonnet d' nuit ; et puis v'là mam'zelle *Lapincette*, qui vient lui annoncer que l' papa et la maman du nourrisson viennent d'arriver et
qu'ils *essuient* ses pas. — Ah ! bigre ! que fait la nourrice, me v'là
dans *d' belles couches* !... qué qui vont dire quand l' vont voir
qu'i' n' voyent pas l' mioche ? si j' leur-z-y dis la vérité, i' n' me
croiront pas... Tiens, j' vas rien dire du tout, ça s'ra moins compro-
mettant. Et effectivement v'là la maman qui arrive en sautillant parc'
qu'elle ne peut plus s' traîner tant elle est fatiguée. Elle va droit au
berceau, nisco ! rien d'dans, rien de rien !... Alors elle va droit à la
nourrice et lui frappe sur l'épaule, toc, toc. — L' poupon, s'i' vous
plait ? Et au lieur d' lui tirer l' cordon, c'est-à-dire d' la tirer d'em-
barras, la nourrice fait la sourde oreille. C' qu'elle ne répond pas
n' paraît pas satisfaire la maman. — C'est ma fille que j' vous
d'mande, ma fille, entendez-vous ? oùs qu'alle est ?... Ah ! farceuse,
j' parie qu'elle a l' bébé dans sa poche. — Fouillez-moi putôt, qu'
fait la nourrice. — C'est donc d'un bébé qu'i' s'agit que j' me dis...
moi qui croyais... ah ! c'est-i' drôle, c'est-i' drôle ! — Mais ous-qu'il
est donc ? nom d'un nom ! — En plan ! — En plan ! mon bébé en
plan ! et oùs-qu'est la reconnaissance ? — Vous ne l' saurez pas !...—

Pendant qu'ui' *s' démêlent* v'là papa qui arrive, i' vient d' faire un grand héritage, il est cousu d'or ; c' qui l'empêche pas d'êtr' pané, mais pané... et d'avoir un grand manche à balai avec lequel il veut assommer la nourrice ; mais il est trop faible (pas l' manche à balai, l' papa), i' r'nonce à la prendre par la douceur ; alors la maman agonit c' pauvre homme qu'est aussi à l'agonie ; et puis la nourrice. qu'est aussi à l'agonie est aussi agonie par la maman qui s'agonie aussi. J' me dis : c'est fini, i' vont tous trépasser... mais n'y a qu' la nourrice qui tourne de l'œil, pour tout d' bon... après s'être décidée... à ne rien avouer !...

Ah! ah! ah! ah! etc.

D'émotion j' suis tout en nage !
Tiens, dans quel pays sommes-nous là ?
Oui, ça doit être Saint-Flour, je gage,
Car on y parle charabia,   (*bis.*)
J'y vois un tas d' gens bons à pendre ;
Mais, je vous l' dis en vérité,
L'auteur aurait mieux fait de prendre,
Pour amuser la société,
    L' chien d' la Gaîté !

L' fait est qu'avec les talents que c't animal possède, si l'auteur avait eu de l'imagination, il aurait fait la chose à Venise et il aurait nommé c' caniche qui vous a une bonne *boule dogue de Venise*. Tiens v'là t'un beau jeune homme, c'est l' fils de la nourrice, i' raconte qu'il a tété... bercé par une nommée l'Océan qui lui a *tenu lieu de mère ;* et puis il vous parle de *galère* et d' son *père* qui l'a fait *jurère de vengère* la mort de sa *première mère...* et puis la fiancée *Paula* qui est là et qui écoute tout ça ; et puis t'encore Madame *Bianca,* qu'i' faut traduire par *bien calée,* l' fait est qu'elle avait des moyens, puisqu'elle a dégagé c'te p'tite qui s'est engagée à l'adopter pour sa mère... Elle dit comme ça au jeune homme qui se nomme Octavio : *O que ta vie, ô* qu'elle va être heureuse !... V'là tout à coup qu'une espèce d'honnête ch'napan qui s' nomme... qui s' nomme. . ah bigre ! aidez-moi donc un peu... ah ! j'y suis, *Zutchioli ;* oui, c'est ça, *Zutchioli...* vient lui annoncer que sa fiancée n'a plus l' sou ; qu'un tas d' vilains chiens qu'on appelle *Turcs* ont gobé tout l' *corail de la mère* de sa *Pau... la* preuve ! interrompt Octavio, c'est z'une *colle de poisson... d'avril,* et j' l'épouserai tout d' même... *Zutchioli...* Voilà que *Géméa,* ainsi nommée parce qu'elle gémit sans cesse, vient aussi vous raconter un tas d' choses, entre autres qu'elle a un jour revu sa fille dans un *fiaque,* et qu'elle s'était cramponnée après une *portière* qui l'emportait... à c'te révélation d' *portière,* le trac me prend et j' me sauve en criant...

Ah! ah! ah! ah! etc.

Après z'une semblable aventure,
Jugez quel était mon émoi !
Mais en revenant, je m' rassure,
En apercevant devant moi   (*bis.*)
Un' dam' qui s' fait tirer les cartes
Par un' femm' qui la mang' des yeux !
Ell' les rapproche, ell' les écarte,
Et moi, je m' dis : Fameux ! fameux !
      Viv'nt les petits jeux !

Quand j' dis les p'tits jeux, i' paraît qu' c'est l' grand qu'elle lui tire, mais la dame finit par lui dire :— Je trouve ce que tu *tires long là !* Mais c'est donc pour me tirer des carottes que vous êtes venue ?— Justement, j'ai besoin de monacos, et i' m'en faut, Que voulez-vous ? j'ai des diamants, des palais, des villas... et cætera... et autres *immeubles*... mais j' n'ai pus l' sou ! — Vous êtes dans la gêne ? — Oui, c'est de *Gênes* qu'il s'agit; mon époux a contracté... — Une maladie ? — Non, un engagement sur cette place de *Gênes*. — Eh ben! moi qui n'es pas gênée du tout, j'vas vous fourrer du quibus à discrétion... et même à indiscrétion, à condition que vous m' direz oùs-qu'est ma fille que vous m'avez chippée, oui, chippée, chippée ! — *Nisco, renisco, rerenisco,* ce qui en italien *siguenifiie :* Va t' promener. — Ah bigra ! oùs-que je m' suis fourrée ? fich'tra ! fait Mam' *Bianca* et puis *Géméa* la plante là. — en attendant qu'a' s' décide, j' vas m' rafraîchir, — et quand je r'viens, je trouve encore les deux mamans tiraillant c'te *pauvr' Paula,* — Je l'aurai, que dit l'une. — Tu n' l'auras pas, qu' fait l'autre. — Si. — Non. — Zut!... — Ah ! ça mais, ah ça! mais, que j' m'écrie en voyant c'te pauvr' fille qu'est ballotée comme une chaloupe par ces *deux bras d' mère,* n'y a donc pas un Monsieur Salomon quelqueconque par ici... Ah! je plains bien c'te pauvre *isme de Suez qu'est aussi, elle, entre deux mères !*... Ma foi, toutes ces histoires de mères, ça m'altère et j' descends prendre l'air... Sus c' coup d' temps-là, la décoration qu'est changée (*mais pas tant qu' la pauvr' jeune fille)* vous laisse voir une paire de rideaux, qui n' vous laissent rien voir du tout... ah! si fait, v'là de l'eau ! Mais où sommes-nous ? Tiens, que j' me dis, ça doit être *Asnières,* car j'aperçois le lac *d'Enghien !*... Enfin, que vous dirai-je, mes enfants... *Paula,* qu'est devenue folle, cesse d'être folle en voyant ses deux mères qui s' rafistolent; et comme i fait une chaleur *tropicale ,* on s'embrasse sur toute la *ligne !*

      Ah! ah! ah! ah! etc.

Propriété de M. Durand, *rue Jacques-de-Brosse,* 10, *et de M.* Vieillot, *rue Notre-Dame-de-Nazareth,* 32.

Paris. Typ. JULES-JUTEAU & Cie, r. St-Denis. 341.

JULES DE BLAINVILLE.

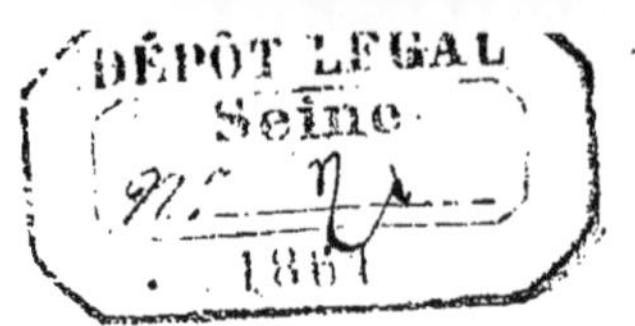

MES CHANSONS

(2me Livraison.)

VIVE LE BLEU !

Air : *Vivent les gueux!* (de Béranger).

Corbleu! morbleu!
Moi j'aime le bleu,
Je vois tout en bleu,
Vive le bleu !

J' fus, dès ma plus tendre enfance,
Voué par ma bonn' mère au bleu ;
Ell' me berçait en cadence,
En me contant l'*Oiseau bleu.*

    Corbleu! etc.

Amours, plaisirs… ma jeunesse
Ne voyait qu'horizons bleus ;
Et ma première maîtresse
Fut une blonde aux yeux bleus.

    Corbleu! etc.

Le bleu, voilà ma toquade,
J'aim' les fleurs bleu's, le ciel bleu ;
Mêm' lorsque je suis malade,
J' n'ai pas peur d' passer au bleu.

    Corbleu! etc.

J'ai perdu la s'main' dernière
Jacquot mon perroquet bleu;
Pendant une année entière,
J' veux porter son deuil en bleu.
    Corbleu! etc.

A déjeuner, je me bourre
Avec du fromage bleu,
Et puis après je savoure
Quelque ouvrage d'un bas bleu.
    Corbleu! etc.

Si j'épouse une héritière
Ayant comm' moi l' goût du bleu,
J' prendrai pour ma cuisinière
Un habile cordon bleu.
    Corbleu! etc.

Au *Salon* chacun s'attriste
D'y voir certains ciels gros bleu;
J' veux par un célèbre artiste
Fair' peindr' mon caniche en bleu.
    Corbleu! etc.

Les blanchisseus's d'ordinaire
Abusent dit-on du bleu;
Moi, j' trouve, tout au contraire,
Qu' mon ling' n'est jamais trop bleu.
    Corbleu! etc.

J'entends dir' que c'est très bête
D' fair' rimer bleue avec blèu;
Je pourrais au malhonnête
Répondre en lui f'sant un bleu.
    Corbleu! etc.

Mais après tout, j' suis bon prince,
De colèr' loin d'être bleu
Il peut venir, je lui rince
Le bec avec du p'tit bleu!
    Corbleu!

Propriété de M. Le Bailly, *éditeur de musique,*
rue Cardinale, 6.

LES FLEURS

OU LA COURONNE DE BLUETS

Air : *Ma Chanson ou les Enfants de Bacchus.*

Mon fils, pourquoi ces pleurs? dans ce riche parterre,
Tu voudrais de ces fleurs faire une ample moisson;
Dieu, pour tous ses enfants, fait fleurir sur la terre
Le muguet dans le bois, l'aubépine au buisson.

REFRAIN.

Beau petit chérubin, pour tresser ta couronne,
Choisis parmi les fleurs celles que Dieu te donne;
Cueille, au milieu des blés, ces bluets radieux,
Simples comme ton cœur, et bleus comme tes yeux !

Cette rose, vois-tu, du bonheur est l'image,
Éphémères tous deux, un rayon de soleil
Ce matin les créa, mais ce soir un orage
Peut les anéantir, pour eux plus de réveil ! *Beau, etc.*

Ce laurier, mon enfant, symbole de la guerre,
Est un beau diadème au front du conquérant,
Mais ses feuilles, dit-on, attirent le tonnerre,
Et je vois sur ces fleurs des empreintes de sang. *Beau, etc.*

D'amour et d'amitié, ce myrte, ce lierre...
Mais que dis-je, ô mon fils, conserve ta candeur;
Va, l'amour le plus pur, c'est l'amour d'une mère,
Et l'Amitié n'a pas encor trahi ton cœur ! *Beau, etc.*

Propriété de M. Le Bailly *, éditeur de musique,*
rue Cardinale, 6.

ADIEU ! RAMPONNEAU

AIR : *Heureux habitants.*

Adieu, Ramponneau !
Puisqu'il est vrai que tu nous quitte ;
Quand sous le marteau,
S'écroule ton dernier fourneau :
Fais place au progrès,
Qui vient renverser ta marmite :
Cède à ses décrets ;
Pars, en emportant nos regrets !

Nous ne verrons plus,
Inondant tes immenses salles,
Le flux et reflux
Des buveurs, tes heureux élus ;
Mais va, la gaîté,
Comme la gloire a ses annales !
Tu seras cité,
Chanté
Par la postérité !

Voulant recueillir
Un souvenir,
Qui lui retrace
Le temps du plaisir,
Je vois un buveur accourir ;
Mais, vœux superflus,
Il ne trouvera nulle trace
Du temple où Comus
Faisait chorus
Avec Bacchus !

Ah! qui nous rendra,
Quand viendra
Le joyeux dimanche,
Ces vins, ces rôtis
Aussi nombreux que peu choisis?...
Plus d'un poivrier
S'allongeant sur la nappe blanche,
Prenait volontier
Pour oreiller un saladier!

C'était le bon temps
Quand le printemps,
De Pàquerettes
Semait les chemins :
Alors fillettes et bambins,
Mamans et papas,
Ouvriers, rapins et grisettes
Venaient à grands pas
Chez toi, prendre leurs gais repas!

Puis, lorsque soudain
Tendant la main
Pauvre trouvère,
Contre un peu de pain,
Échangeant un joyeux refrain,
Tu trouvais toujours
Pour remplir ta poche et ton verre,
Ici, tous les jours,
La bourse et le broc des amours!
Adieu Ramponnèau, etc.

FLEURETTE

OU LA

BOUQUETIÈRE DU CHATEAU-D'EAU

CHANSONNETTE.

Air *de la Milanaise* (chant italien).

Au Château-d'Eau, l'on m'appelle Fleurette,) *bis.*
De mes jolis bouquets chacun vient faire emplette ;)

Venez, voyez, ces fleurs à peine écloses ; (*bis.*
Tenez, prenez, mignonnettes et roses. (

(PARLÉ.) Eh bien ! ma p'tite pratique, vous passez comme ça sans rien me dire ?... Ah ! à la bonne heure, j' savais bien qui vous fallait quéqu' chose... Qu'est-ce que vous dites de celui-là ? Comment, trop cher ? vous avez donc la berlue ? Ah ! j' vois c' que c'est, mon Adonis, vos amours sont déjà vieilles de quinze jours ! la lune de miel est à son déclin... Oh ! les hommes ! les hommes ! ça se résume à bien peu d' chose. Au premier bouquet qui vous offre : « Permettez-moi, ma charmante, de vous offrir ces quelques fleurs, moins fraîches et moins belles que vous ! » Coût : 10 francs. Au deuxième bouquet ; « Loulou n'a pas oublié sa Bichette ; aussi Bichette va bécotter son Loulou. » Coût : 5 francs. Au troisième bouquet : « Eh bien ! Monsieur, et le bouquet que je vous ai dit de me rapporter ? — Ah ! ma foi, c'est vrai, il est au fond de ma poche... Ah ! saperlotte, je me suis assis d'sus ! » Coût : 10 centimes, deux sous. Généralement ce troisième bouquet est suivi d'un quatrième : une magnifique giroflée à cinq feuilles déposée sur la joue du quidam , qui ne l'a pas volé, que j' dis !

REFRAIN.

Frais lilas, pensées de velours,
    Violettes, pâquerettes...
Fleurs disent plus que longs discours ;
    Venez fleurir vos amours !

Courtisez-vous grisette ou grande dame? } *bis.*
Grâce à moi vous pouvez lui peindre votre flamme; } *bis.*
 Poulet secret, glissé parmi les roses, } *bis.*
 Bouquet discret lui dira bien des choses. } *bis.*

(PARLÉ.) Allons, bon, v'là mon vieux grigou d'adorateur... plàît-il ?... connu... connu... v'là vingt-cinq fois que vous m' répétez la même chose... y m' semble que j' vous ai déjà dit que j' n'entendais pas de c'tt' oreille-là, et que j'étais sourde de l'autre... Dites-donc, la mère Marjolaine, y m' dit comme çà qu' j'ai l' cœur plus dur qu'un rocher; c'est apparemment pour ça que vous n' pouvez pas y mordre, vieil édenté; allez donc vous faire poser un ratelier, et puis vous r'viendrez pour que j' vous paye un échaudé !... V'là t'y pas à présent qui m' propose de me m'ner au Cirque dans une baignoire... j' m'en vas t'en payer une baignoire..... Eh! la mère Marjolaine, donnez-moi donc un coup d' main pour flanquer c' vieux s'rin d' gandin dans l' bassin.... Ah ! y file, c'est pas dommage!

  Frais lilas, etc.

De l'atelier, comme d'une volière, } *bis.*
Pour venir m'acheter, s'échappe l'ouvrière; } *bis.*
 Son cœur rêveur, cédant au doux prestige, } *bis.*
 De fleur en fleur, gaîment elle voltige. } *bis.*

(PARLÉ.) Le fait est qu'il n'y en a pas deux sur l' marché qui puissent me dégotter pour ce qui est de donner du chic et de la tournure à un bouquet. A présent, vous m' direz qu'en rentrant chez vous, y s' trouve que mes fleurs n'ont pas de queues et qu' mes rosiers n'ont pas d' racines; y en a même qui vont jusqu'à dire que j'aurais déjà pu me bâtir une maison avec la chaux que j' mets dans mes pots. Eh ben! quéqu' ça prouve? Que j' suis désintéressée puisque je n' la fait pas payer.... Tiens, vous v'là, ma belle enfant, quéqu' vous êtes donc dev'nue depuis qu'on vous a vue ?.... Vot' mère a été bien malade, la pauv' femme !... qu'est-ce que j' vas vous vendre ?... comment, un bouquet d'un sou... une bonne pratique comme vous!... Ah! je comprends, l' travail n'a pas marché, il a fallu soigner c'tte mère... Tenez, portez-lui c'tte botte de roses, c'est d' la primeur... n'allez-vous pas faire des façons à c'tte heure; allons, allons, donnez-moi vot' sou, mon p'tit bijou, et taisez-vous.

  Frais lilas, etc.

LE PAPILLON

(Fantaisie.)

Air : *Paris s'en va.*

REFRAIN.

Fleur animée, ardente flamme,
Qui voltige dans ce vallon ;
D'où viens-tu, symbole de l'âme !
   Beau Papillon ?   (*bis*).   } *bis.*

Viens-tu du pays des sultanes,
Où des roses on fait la moisson ?
As-tu, le soir, sous les platanes,
Du vent écouté la chanson ?
De la nonchalante créole
As-tu pris, pendant son sommeil,
Sa bouche pour une corolle,
Ses lèvres pour un fruit vermeil ?   *Fleur, etc.*

Viens-tu des fertiles campagnes
Que baigne le Tibre aux flots bleus ?
As-tu, sous le ciel des Espagnes,
D'Inès effleuré les cheveux ?
As-tu, voyageur intrépide,
Prenant pour guide le zéphir,
Parcouru la montagne aride
Où rien hélas ! ne peut fleurir ?   *Fleur, etc.*

Viens-tu de cette humble mansarde,
Où Lisette arrose une fleur ?
Viens-tu de ce tombeau qui garde
D'une mère tout le bonheur ?
N'as-tu pas, au sein d'une orgie,
Cru voir la clarté d'un beau jour ?
C'était le feu... d'une bougie !
C'était le flambeau de l'Amour !   *Fleur, etc.*

Paris. Typ. Jules-Juteau & Cⁱᵉ, r. St-Denis, 341.

JULES DE BLAINVILLE.

MES CHANSONS

(3ᵐᵉ Livraison.)

LES AVEUX
D'UNE PORTIÈRE

(Parodie.)

Air : *Ce que j'aime.*

J'aime les bavardages,
Les ragots, les cancans;
J'aime, dans les ménages,
N' voir ni d' chiens ni d'enfants.
J'aime aussi boir' la goutte,
Quand j'ai pris mon p' tit noir;
J'aime, coûte que coûte,
Qu'on m' laiss' dormir le soir.

Mais j'aime à la folie,
Une bête, un chat à l'œil doux;
Quand je le vois, j'oublie   *(bis).*
Mes s'rins et mon époux.

J'aime beaucoup la bonne
Qui, pour moi, chipp' du vin ;
J'aim' quand ma soup' mitonne,
Y trouver du gratin.
J'aim' que ma tabatière
Regorge de tabac ;
J'aime, foi de portière,
Le trouble et le micmac.

    Mais j'aime, etc.

J'aime le locataire
Qui rentre avant minuit ;
J'aim' le célibataire
Qui décemment s' conduit.
J'aime à fair' le ménage
De la p'tite dam' du s'cond,
Dont le mari voyage
Et dont l' cousin est blond.

    Mais j'aime, etc.

J'aim' que l'on soit honnête,
Qu'on me bourr' de douceurs ;
J'aim' le jour de ma fête,
Qu'on m' donn' de grands pots d' fleurs.
J'aim' devant la ch'minée
Me chauffer les mollets ;
J'aime à la fin d' l'année
R'cevoir beaucoup d' j'aunets.

    Mais j'aime, etc.

Propriété de **M. Huré**, *éditeur de musique,*
rue Dauphine, 44.

LA LORGNETTE

A GRAND' MAMAN

(FABLIAU.)

AIR : *Marquis et marquise.*

UNE PETITE FILLE.

La gentille lorgnette,
Que je voudrais l'avoir !
Grand' mère nous la prête,
Oh ! ma sœur, viens donc voir !
J'aperçois une rose,
Un joli papillon
Qui voltige, s'y pose...
Là-bas dans le vallon,
Les jolies maisonnettes ;
Et puis je vois encore
Des blanches pâquerettes,
Des brillants boutons d'or.

Vraiment, c'est un bijou charmant
Que la lorgnette à grand' maman !   } bis.

UNE JEUNE FILLE.

Ma petite Georgette,
Tu veux bien, n'est-ce pas,
Qu'avec cette lorgnette,
Je regarde là-bas ?...
Oui, ces fleurs, ma mignonne,
Ne feraient pas trop mal
Ornant une couronne,
Une robe de bal.....
Je me trompe sans doute,
N'est-ce pas mon cousin
Que je vois sur la route ?...
Oui, c'est lui, c'est Justin !

Vraiment, c'est un bijou charmant
Que la lorgnette à grand' maman !   } bis.

UN PETIT GARÇON

Ça doit être, j'espère,
A mon tour maintenant;
Laisse-moi donc, ma chère,
Regarder un instant...
Je vois comme un nuage
Obscurcir le ciel bleu :
Écoutez ce tapage....
C'est l'exercice à feu !
La trompette résonne,
J'aperçois le combat ;
Et puis le canon tonne...
Je veux être soldat !

Vraiment, c'est un bijou charmant
Que la lorgnette à grand' maman ! *bis.*

LA GRAND' MAMAN.

Enfants, cette lorgnette,
Qui vous rend si joyeux,
De votre âme reflète
Et les joies et les vœux.
Quand vous aurez mon âge,
Soufflera l'aquilon ;
Adieu charmant mirage,
Amour, fleurs, papillon.
Dieu, pour vous, fait éclore
Les roses du printemps ;
Ah ! puissiez-vous encore
Redire bien longtemps :

Vraiment, c'est un bijou charmant
Que la lorgnette à grand' maman ! *bis.*

Propriété de **M. Le Bailly**, *éditeur de musique,*
rue Cardinale, 6.

LA CHANSON
DU BOHÊME

(Fantaisie.)

AIR *de la Sérénade de Gilblas* (Opéra-Comique).

REFRAIN.

Du beau pays de Bohême,
Je suis un habitant,
Pas méchant;
Tra, la, la, la, la la, la, la...
Insouciant par système,
J'aime la liberté,
La gaîté!
Tra, la, la, la, la, la, la, la...
La gaîté!
La, la, la, la, la.

Je me passe de richesses,
Pourtant, Dieu le sait, je n'ai rien;
Une pipe, quelques maîtresses,
Et tout l'univers m'appartient!
Je ne connais pas de gêne,
Si je n'ai pas pour mon sommeil
Un tonneau comme Diogène,
Tout comme lui, j'ai le Soleil!

Du beau pays, etc.

Quand la gentille hirondelle
Nous revient avec les beaux jours,
Sur les toits, je suspends comme elle
Le nid de mes fraîches amours!
Quand près d'une fille d'Ève,
Je me glisse parfois le soir,
Soudain la lune qui se lève,
Nous regarde et nous dit : Bonsoir!

Du beau pays, etc.

Salut, fille de Bohême,
O Lisette, gentil lutin ;
Salut, étudiants que j'aime,
Mes frères du Quartier Latin !
A vous beautés peu sévères,
Qui du plaisir suivez les lois ;
Pauvres artistes, gais trouvères,
A vous tous mes amis, je bois !

    Du beau pays, etc.

Bien pauvre est notre patrie,
Bien nombreux sont ses habitants ;
Malgré toute leur pénurie,
Tous ils sont joyeux et contents !
C'est que, parcourant le monde,
Luttant contre l'adversité,
Ils s'en vont chantant à la ronde,
Et l'Amour et la Liberté !

    Du beau pays, etc.

Propriété de **M. Le Bailly**, *éditeur de musique,*
rue Cardinale, 6.

LES POURBOIRES
D'UN AUVERGNAT.
(Balançoire.)

Air : *Je le conserve pour ma femme,*
ou *de la Neige* (d'Émile Debreaux).

Hier au soir arrivant à Paris,
(Il faut vous dir' que l'eau tombait à verse).
Pas un' voitur', je voulus à tout prix
Faire porter ma malle à son adresse ;
J'la mets sur l'dos d'un robuste Auvergnat,
Puis nous partons pour le quai d'la Tournelle ;
Mais en glissant sur un pont, l'charabia
La jette à l'eau, s'écriant : Ah ! Fouch'tra !
N'oubliez-pas l'pourboir', Mam'gelle ! (*bis.*)

Désespérée, n'ayant presque plus rien,
Je me résous à me faire conduire
Chez un monsieur qui me veut beaucoup d'bien,
(Voyez pourtant c'qu'un faux pas peut produire).
Mais v'là t'y pas que c'maudit Auvergnat,
Qui s'est trompé me mène à la Chapelle ;
Puis il s'écri' : Cha n'est pas Grenell' cha !
Je m'chuis trompa, ah ! bougra ! ah ! fouch'tra !
N'oubliez pas l'pourboir' Mam'gelle ! (*bis.*)

Nous repartons, la pluie tombait toujours,
J'étais mouillée hélas ! fallait voir comme.
« Qui donc, mon Dieu, me portera secours ? »
— Cha chera moi, m'répondit c'monstre d'homme.
Puis sur son dos de suite il me hucha
En me disant : Ne craignez rien ma belle,
Je chuis solid'... Tout-à-coup, patatra !
Y m'flanque par terre en s'écriant, Fouch'tra !
N'oubliez pas le pourboir' Mam'gelle ! (*bis.*)

Ne pouvant plus continuer mon chemin,
(J'étais tombée en plein dans l'macadam),
J'dis au butor : « Chez ce marchand de vin
Entrons. » — « Cha m'va, que répond le quidam. »
Mais v'là qu'au broc, tant et tant il puisa,
Que sur ses jamb's le voilà qu'il chancelle ;
Puis en tombant, il s'écrie : Ah! fouch'tra !
Vous avez eu d'la chanc' de m'rencontra...
N'oubliez pas l'pourboir' Mam'gelle.(*bis.*)

Propriété de M. Le Bailly, *éditeur de musique,*
rue Cardinale, 6.

NOTA. — La chanson de **Fleurette**, faisant partie de la
2me livraison, est la propriété de M. Le Bailly, éditeur de
musique, rue Cardinale, 6.

Paris. Typ. Jules-Juteau & Cie, r. St-Denis. 341.

JULES DE BLAINVILLE.

MES CHANSONS

(4ᵐᵉ Livraison.)

GRETS ET DOULEUR !

AIR : *Tu grandiras*, ou *Si les fleurs parlaient.*

Le jour s'enfuit, et la cloche qui tinte,
Est le signal du repos, des plaisirs ;
Elle est hélas ! pour moi, comme une plainte,
Comme un écho de tristes souvenirs.
Ah ! dans mon cœur, alors qu'elle résonne,
En moi s'éveillent et regrets et douleurs :
Voilà pourquoi, lorsque la cloche sonne,
O mes amis, je sens couler mes pleurs !
O mes amis, (*bis*) je sens couler mes pleurs !

Un jour, oh ! oui, mon bonheur fut extrême,
Dans le saint lieu, je m'étais prosterné ;
La cloche, amis, sonnait pour un baptême,
Gage d'amour, un fils m'était donné.
Cinq ans après, la Mort vient et moissonne
Mon pauvre enfant, et brise ainsi deux cœurs.
Voilà pourquoi, etc.

Il me restait une épouse adorée,
Pleurant son fils, sa gloire, son trésor ;
Bientôt hélas! sous la voûte sacrée,
Lugubrement l'airain sonnait encor !
Ah! regardez cette blanche couronne,
De notre hymen ce sont... *les douces fleurs !*

      Voilà pourquoi, etc.

Mais où court donc cette foule joyeuse ?
Dans ce village arrive un régiment ;
Réjouis-toi, France victorieuse,
Et toi, mon cœur, cache bien ton tourment !
Entendez-vous, la trompette résonne,
Ah! courons tous au devant des vainqueurs !
Pour les fêter, lorsque la cloche sonne,
O mes amis, je dois sécher mes pleurs !
O mes amis, (*bis*) je dois sécher mes pleurs !

Propriété de M. Le Bailly *, éditeur de musique,*
rue Cardinale, 6.

ZOU-ZOU

DIS-MOI, T'EN SOUVIENS-TU.

CHANSON.

Air : *T'en souviens-tu?*

Te souviens-tu, disait un vieux zouave,
Choquant son verre au verre d'un ami ;
Te souviens-tu, du temps où chaque brave
Faisait la chasse à l'Arabe insoumis ?
Sevrés d'amour, de chnic et de piquette,
Nous pratiquions forcément la vertu ;
Mais de Bugeaud, nous chantions la casquette, } bis.
Dis-moi, zou-zou, dis-moi, t'en souviens-tu ? }

Te souviens-tu des plaines de Crimée,
Dont, sous nos pas, on vit trembler le sol ;
Te souviens-tu qu'un jour la Renommée,
De ses cent voix, cria : *Sébastopol !...*
Chacun de nous, de gloire insatiable,
Sur l'ennemi s'élançait le front nu...
C'est, disait-on, la tempête ou le diable ! } bis.
Dis-moi, zou-zou, dis-moi, t'en souviens-tu ? }

Te souviens-tu, quand la belle Italie,
Longtemps la proie de lâches oppresseurs ;
Nous dit : « Venez, chaque palme cueillie.
Vous parlera de vos aïeux vainqueurs !... »
Pour retrouver les traces de leur gloire,
Comme eux là-bas nous avons combattu ;
Marchant comme eux de victoire en victoire !... } bis.
Dis-moi, zou-zou, dis-moi, t'en souviens-tu ? }

Te souviens-tu de la grande journée,
Où dans Paris des immenses clameurs,
Retentissaient et la foule inclinée,
Nous prodiguait les lauriers et les fleurs !
Pour ses enfants, une mère chérie
Toujours sentit battre son cœur ému,
Car notre mère à nous c'est la patrie !...
Dis-moi, zou-zou, dis-moi, t'en souviens-tu ? } *bis.*

Propriété de M. Le Bailly *, éditeur de musique,*
rue Cardinale, 6.

LA COMÈTE

ou

L'ÉTOILE DU BUVEUR

Air *des Canotiers de la Seine.*

Amis, sous cette treille,
Chantons, fêtons Bacchus;
De sa liqueur vermeille
Célébrons les vertus.
Voyez sa messagère
Briller au firmament;
En vidant notre verre,
Chantons, chantons gaîment :

Honneur! honneur!
A toi, brillante aigrette!
O gentille comète,
Étoile du buveur !

Chacun a son étoile...
Mais c'est bien rarement
Que Dieu lève le voile
D'un astre étincelant.
Aimons lorsque scintille
L'étoile de Vénus;
Buvons, alors que brille
L'étoile de Bacchus !

Honneur! etc.

Belle parmi les belles,
Rubis et diamants
Sèment leurs étincelles
Sur ses cheveux flottants.
Jean-Raisin, qui la guette,
Lui dit : Du haut des cieux,
Sur moi, belle comète,
Daigne jeter les yeux.

    Honneur ! etc.

Mais déjà, dans l'espace,
Elle avance à grands pas ;
Un nuage qui passe
Nous cache ses appas.
Amis, jusqu'à l'aurore
Buvons, et puis demain
Nous redirons encore
Notre joyeux refrain :

    Honneur ! etc.

Propriété de M. ROGER, *éditeur de musique,*
rue des Écouffes, 25.

MINETTE

Air *de Risette* (du Gymnase-Dramatique).

Parmi tous les jolis mots,
Que l'on prononce à propos
   De caresse,
Il en est assurément
Bien faits pour peindre vraiment
   La tendresse.
La portièr' dit : **Mon lapin !**
Le pip'let répond soudain :
   Ma bichette !

Mais, je le dis entre nous,
Les bichettes, les loulous
Ne valent pas, voyez-vous,   *bis*
Pour fille aux yeux doux,
Minette, Minette, Minette !

J'entends de tous les côtés,
Un tas de banalités
   Qui m' font rire ;
Mais quoi de plus éloquent
Que le regard d'un amant
   Qui soupire ?
Doit-il parler d'un seul mot,
Il saura vaincre aussitôt
   Sa Lisette.

A ce mot rempli d'appas,
Ell' ne résistera pas,
Quand la suivant pas à pas,   *bis.*
  Il dira tout bas :
Minette, Minette, Minette !

Pour guérir d'un noir chagrin,
Le remède souverain,
   C'est de boire !
Chaque jour on voit grandir,
Le succès de l'élixir
   De Grégoire !
Mais ce docteur érudit,
Depuis longtemps s'était dit :
   La piquette

A fille au cœur soupirant
Ne conviendrait nullement ;
Pour apaiser son tourment,   *bis.*
   Dites-lui souvent :
Minette, Minette, Minette !

Propriété de **M. Le Bailly**, *éditeur de musique,*
rue Cardinale, 6.

Paris. Typ. **Jules-Juteau** & Cⁱᵉ, r. St-Denis, 341.

JULES DE BLAINVILLE.

MES CHANSONS

(5me Livraison.)

LE CHINOIS

ET LE PARISIEN,

CHANSON SATYRIQUE.

Air : *Dans un grenier qu'on est bien à vingt ans.*

« Viens à Paris, crois-moi, pauvre idolâtre,
« Laisse à Pékin tes idoles de bois :
« Pour ses enfants si la Chine est marâtre,
« L'humanité dicte chez nous ses lois.....»
— Je t'ai suivi, déception amère !
En arrivant, j'ai vu sur mon chemin
Un pauvre enfant qu'abandonnait sa mère.....
Ah ! laisse-moi retourner à Pékin !   (bis)

Que parles-tu d'idole, de fétiche ?....
Dans un palais je me souviens encor
De t'avoir vu, désireux d'être riche,
Servilement adorer le veau d'or.
C'était la Bourse.....ô Parisiens profanes !
Quand l'or chez nous couvre nos dieux d'airain,
Il pare ici le front des courtisanes !....
Ah ! laisse-moi retourner à Pékin !   (bis)

Oui, j'en conviens, je ne suis qu'un sauvage,
Livre-moi donc à tes petits enfants;
C'est là ton fils? le grave personnage
Sait culotter une pipe à dix ans !
Ta fille, hélas! pauvre fleur qui s'étiole,
Jeune aujourd'hui sera vieille demain!
Pour envoyer mes enfants à l'école,
Ah ! laisse-moi retourner à Pékin !   (*bis*)

Quel est ce bruit, cette immense cohue ?
C'est aujourd'hui grand bal à l'Opéra......
Entrons... Soudain vient s'offrir à ma vue
Une beauté que la presse illustra.
Quoi, des lazzis, une danse impudique
Ont inspiré chez vous un écrivain.....
Chez nous Guignol leur donne la réplique.....
Ah ! laisse-moi retourner à Pékin !   (*bis*)

Tu me vantais et drame et comédie,
Miroir des mœurs, école du bon goût.....
Plus d'une fois sous son masque, Thalie,
Malgré son fard, a pâli de dégoût.
Ton ciel est gris; il est bleu dans la Chine...
Si nous n'avons ni biche, ni gandin,
Nous n'avons pas non plus de crinoline.....
Ah! laisse-moi retourner à Pékin !   (*bis*)

Extrait du journal le Tintamarre (27 Janvier 1861.)

Propriété de **M. Le Bailly**, *éditeur de musique,*
rue Cardinale, 6.

MES DEUX PIPELETS

PARODIE.

AIR *de la Religieuse.*

Hier au soir, en passant d'vant la loge,
Il me sembla qu'on prononçait mon nom;
Je m' dis sans doute on y fait mon éloge,
Mais pas du tout, on m' traitait d' polisson!
On prétendait qu'il fallait qu'on m'enferme,
Vu que j'étais un mauvais garnement,
Un bambocheur n' payant jamais son terme,
Qu' sur l'échafaud j' finirais certain'ment.

   Je les ai vus causer ensemble,
     Mes deux Pip'lets,
  Et j'ai dit, dans ma peau qui tremble :
    Dieu! qu'ils sont laids *(bis)*

La vieille avait au moins la soixantaine,
Le vieux cerbère en paraissait bien plus;
Leurs regards louch's étaient ceux d'une hyène,
Et sur leur nez fleurissaient deux verru's.
Comme ils jasaient sur chaque locataire!
Comme ils trichaient en jouant au piquet!
Le diable seul aurait pu les faire taire,
S'il n'avait craint leur dangereux caquet.

   Je les ai vus jouer ensemble,
     Mes deux Pip'lets,
  Et j'ai dit, dans ma peau qui tremble:
    Dieu! qu'ils sont laids! *(bis)*

Dernièrement ils allèr'nt à la noce ;
C'était, je crois, cell' de mam'zell' Levaux ;
La vieille avait, pour dérober sa bosse,
D'une voisine emprunté le Ternaux.
L'époux portait l'habit en queu' d' morue,
D' plus il avait son pantalon d' nankin ;
En les voyant, les gamins, dans la rue,
S' mir'nt à crier : Ah ! c' te biche ! Oh ! c' gandin !

>   Je les ai vus partir ensemble,
>   Mes deux Pip'lets,
>   Et j'ai dit, dans ma peau qui tremble :
>   Dieu ! qu'ils sont laids ! (*bis*)

Depuis ce temps, je tremble comme un lièvre,
Je suis bercé par d'horribles cauch'mars ;
J' bats la campagne et j' crois voir, dans ma fièvre,
Du couple affreux les atroces regards.
Heureux, me dis-je, heureux le locataire
Qui librement peut vivre en son réduit,
Sans qu'un portier, sans qu'un propriétaire
Vienne lui dire : Aujourd'hui c'est le huit !

>   Je crois toujours les voir ensemble,
>   Mes deux Pip'lets,
>   Et je dis, dans ma peau qui tremble :
>   Dieu ! qu'ils sont laids ! (*bis*)

LE LAPIN BLANC

AIR : *Sur un Tonneau.*

Au sein de la vieille Lutèce
Un cri lugubre a retenti;
Sous le fer qui frappe sans cesse
Soudain la lumière a jailli;
Le progrès que rien ne désarme
Brise le dieu du tapis-franc;
Poivriers, donnez une larme
Au Lapin blanc! au Lapin blanc!   *bis.*

Venez, enfants de la Bohême,
Venez, et de vos mille voix,
Adressez un adieu suprême
A ces restes des temps gaulois.
Du passé, qu'une immense lave
Semble entraîner vers le néant,
Venez recueillir une épave,
Au Lapin blanc! au Lapin blanc!   *bis.*

Ivrogne à la face rougie,
Bohême au front dont la pâleur
Nous dit qu'une éternelle orgie
Brûle ton sang, glace ton cœur!
Accourez, modernes Alcides,
Soutenir le temple croulant;
Venez, vous servirez d'égides,
Au Lapin blanc! au Lapin blanc!   *bis.*

Rêveur, Caton de mince étoffe,
Poète inspiré du pich'net;
Et toi, mendiant philosophe;
Vous tous chevaliers du crochet :
Chacun de vous pouvait, sans gêne,
Dormir étendu sur un banc,
Rêvant qu'il était Diogène,
Au Lapin blanc! au Lapin blanc!   } *bis.*

La nuit vient, et son voile couvre
L'antre, dont le funèbre écho
Répond : je suis l'étrange Louvre,
Digne de Macbeth et Banco !
Du *Chourineur* et de sa bande,
Regardez.... le tableau sanglant
Se déroule, affreuse légende,
Au Lapin blanc ! au Lapin blanc !   } *bis.*

A EUGÉNE SUE :

O toi, dont la plume féconde
A, des *Mystères de Paris*,
Retracé l'histoire, où tu fronde
Le vice, et le livre au mépris;
Auprès de ton *Maître d'École*,
Fleur-de-Marie est, douce enfant,
L'ange qui pardonne et console.....   } *bis.*
Au Lapin blanc! au Lapin blanc !

Propriété de M. ROGER, *éditeur de musique,*
rue des Écouffes, 25.

LES AMOURS
DE BÉRANGER

CHANSON.

AIR *de Béranger à l'Académie.*

Honneur à toi, poète populaire,
Honneur à toi, sublime chansonnier ;
J'entends encor la muse tutélaire
Me dire : Ami, dans mon humble grenier
Viens, et, soudain pour calmer ta souffrance,
Je chanterai du printemps les beaux jours ;
Je chanterai les gloires de la France,
Et mes amours deviendront tes amours ! (*bis.*)

Ainsi parlait la muse enchanteresse,
Lorsque Lisette apparut à mes yeux ;
De Béranger la gentille maîtresse
Vint m'égayer par des refrains joyeux.
De Frétillon, de madame Grégoire,
Elle vantait les jupons un peu courts....
Roger-Bontemps vint me verser à boire,
Et ses amours devinrent mes amours ! (*bis.*)

Simplicité, douce philosophie
Fut sa devise, et toujours le bon sens
Lui faisait dire : Amis, je me confie,
Le verre en main, au Dieu des bonnes gens.
Laissez aux grands, laissez les fronts moroses :
Puis de l'exemple appuyant son discours,
Ses cheveux blancs se couronnaient de roses,
Et ses amours devenaient nos amours ! (*bis.*)

Il dit encore à sa muse légère :
Laisse ton luth embouche le clairon ;
Deviens l'écho de la Muse guerrière
A l'épopée élève la chanson ;
Puis, saisissant le fouet de la satyre,
De tes leçons tu reprendras le cours ;
Le bien du peuple a fait vibrer ta lyre,
Et tes amours resteront ses amours ! (*bis.*)

Propriété de M. Le Bailly, éditeur de musique,
rue Cardinale, 6.

Paris. Typ. Jules-Juteau & Cⁱᵉ, r. St-Denis. 34.

JULES DE BLAINVILLE.

MES CHANSONS

(6ᵐᵉ **Livraison.**)

LA

GRACE DE DIEU

POT-POURRI,

PARODIE

Madame Fourchue, qui a été voir la *Grâce de Dieu* à la Porte-Saint-Martin, éprouvant le besoin de se soulager de ses émotions, raconte ce drame à madame Tricot, sa voisine, dont la porte fait face à la sienne, au sixième, au fond du corridor.

AIR . Du petit Riquiqui.

Zhier soir t'au pestacle

J'ai pleuré comme un veau ;

C'était un' *vraie* débâcle !

Dieu de Dieu qu' c'était beau !

J' suis encor' toute émue !

Et si j' n'ai pas vraiment

Des yeux ; foi d' femm' Fourchue,

Rouges comme un lapin blanc :

Vous m'en voyez toutou,

Vous m'en voyez tété,   } *Bis.*

Vous m'en voyez toute étonnée.

1862

"

Air : *Du Garde-Moulin* (de Loïsa Puget.)

Mam'Tricot, il faut que j'vous narre
Toute la pièc'd'un bout à l'autr'bout ;
Ça vous charmera, je l'déclare,
Car je s'ais qu' vous avez bon goût.
Prêtez-moi donc vos deux oreilles,
Et puis après vous aurez lieu,
En allant voir tout'ces merveilles,
De dir' comm' moi qu' la Grâc' de Dieu
C'est batt' batt' rupino, chicq' chique,
J' n'ai jamais rien vu d'aussi beau ;
C'est mirobolant, mirifique,
C'est chiq' chiq', batt' batt' rupino !

Air : *La Marmotte a bien dansé.*

S'agit d'une pauvre famille,
N'possédant pas un seul sou.
Sachez d'abord que la fille
Aime à ne rien faire *du* tout.
En sautillant elle arrive ;
Elle vient de roupiller ;
Je m'dis, la voyant si vive,
Et chantant au lieu d' parler :
    Saperlotte ! saperlotte !
Dieu quel do ! quel ré ! quel mi !
    La linotte, la linotte,
La linotte a bien dormi !
La linotte a bien dormi !
La *marmotte* a bien dormi !

Air : *Vot' femm' me l'a défendu.*

Mais vl'a le propriétaire ;
C'est un Crésus, un vieux gueux ;
Le principal locataire
L'accompagne dans ces lieux.
Il guign' la fill' de la ferme...
Pus souvent, ça l'frai loucher,
Car c' n'est pas seul'ment son terme
Que c'grigou voudrait toucher.   (*bis.*)

Air : *File, file, Jeanne.*

Un curé brave homme
Que d' Paris à Rome
Pas un ne dégomme
Pour avoir bon cœur,
Vient trouver *Marie,*
L'engage et la prie
D'fuir la fourberie
Du vieux *Commandeur.*
File, file, file, file, vite,
Lui dit-il, prends le chemin d'fer
Et donn'-toi d'l'air
Car si tu reste ici, ma petite.....
Je n' te dis qu' ça, suffit, c'est clair!
File, file, file, file, file, file, file, file, vite,
Oui, crois-moi,
Sur ma foi,
Il n'est qu'temps, sauv'-toi!

Air : *De la jeune fille à l'éventail.*

La v'là qui part, c' n'est pas dommage,
C'que j'dis là vous étonn'beaucoup,
Mam' Tricot: mais c'est qu' mou courage,

Parol' d'honneur, était à bout.
En voyant c'te fill' courageuse
Quitter des marmottes l' pays,
Vint-cinq claqueurs, dont un' ouvreuse,
Sans m'conter, se sont évanouis;
Voyant qu' chacun s'mpress' tout de suite
D' sortir d' la sall' j' dis: c'est certain,
On va lui faire la conduite...
Mais j'trouv' tout l'mond' chez l' marchand d' vin!

Air : *Qui la vend? qui la vend?* (Le marchand de
contremarques.)

Au galop! au galop!
Ma chère mam' Tricot,
J'vous quitte subito,
J'entends crier l' marmot,
Et puis mon homm' bientôt
Va v'nir manger l'fricot,
Il faut qu' j'ai' l'œil sus l' pot.

Je n' dois pas pourtant
M'en aller avant
D' vous dire que *Marie*
A l'acte second.
Mange avec *Chonchon*
De la charcuterie.
Au galop! etc.

Leur ami *Pierrot*
S'écrie aussitôt :
Oh! ma joi' n'est pas mince
Tout Paris j' courais,
Maintenant j' connais
Vot' numéro, quell' *chince*
Au galop! etc.

André l' beau garçon
donne une leçon
A *Marie* qu'est charmante;
Méfie-toi du tour,
La plum' de l'amonr,
Ma pauv' fille, est piquante.
Au galop! etc.

AIR : *Maure et Captive.*

Pour le coup z'en v'la ben d'une autre :
Marie s'aperçoit qu' son *André*,
Qui près d'ell' faisait l' bon apôtre,
N'est qu'un gandin noble et poudré;
C'est le fils d'un' riche marquise.....
Faut voir quels beaux appartements,
Fair' tant d' frais c'est pt'être un' bêtise,
Aux prix z'ous que sont les log'ments!..
    Dans ce moment suprême,
    Dans ce moment fatal,
    Marie trouve ça si mal,   (*bis*)
    Qu'ell' se trouv' mal ell'-même,
        Car all' l'aime!

AIR : *Les Anguilles et les jeunes Filles.*

Le *Commandeur* suit à la piste
Marie qu'il voudrait débaucher;
Chonchon, la joyeuse modiste,
Sait bien toujours l'en empêcher.
L' bon Dieu l'a placé' sur sa route,
C'est un ang' dans l' corps d'un démon ;
Il doit venir du ciel, sans doute, ⎫
Ou du *Passage du Saumon*!   ⎭ *Bis.*

Air : *Cinq sous! cinq sous!* (De la dot d'Auvergne.)

Voilà qu' sans crier : cass'-cou!
Le papa *Loustalot* tombe
Chez *Marie* comme une bombe,
Et qu'il lui dit tout-à-coup :
    Sans l' sou! sans l' sou!
De fatigue je succombe.
    Sans l' sou! sans l' sou!.
J' n'ai plus rien pour mettre au clou!

Air : *De la Grâce de Dieu.*

Puis il s'écrie : Ah! ben j' men fiche!
Pus qu' ça de luxe; chez un gandin
J' te r'trouv', ma fill', changée en *biche*;
Je n' veux plus t' voir qu'avec *dédain*!..
Puis tout-à-coup d'un beau carrosse
Voyant descendre son amant :
« On va donc sans moi fair' *la noce*, »
Dit-elle, et soudain elle entend,
    Din, don; din, don; din, don;
    Des *cloch's* le carillon
    Semble *redir'* le nom
    Du parjure ; din, don;
    Din, don; din, don;
    En écoutant c' din, don,
    Marie, tout d' bon
    A perdu la raison!

Air : *Du mirliton.*

Mais voilà qu'au village
Marie est de retour;
D'*André* le mariage

Heureus'ment a fait four.....
Enfin, pour vous en finir,
Marie s'mari' pour tout d' bon;
Moi j' lui cri' : Pour fair' partir
L'araigné' qu' t' as dans l' plafond,
Faut jouer du mirlitir,
Faut jouer du mirliton,
Faut jouer du mir, du li, du ton   *Bis.*
     Du mirliton!

Propriété de M. Le Bailly *, éditeur de musique,*
rue Cardinale, 6.

Paris. Typ. JULES-JUTEAU & Cie, r. St-Denis, 345.

JULES DE BLAINVILLE.

MES CHANSONS

(7ᵐᵉ **Livraison.**)

LE

PÈRE MICHEL

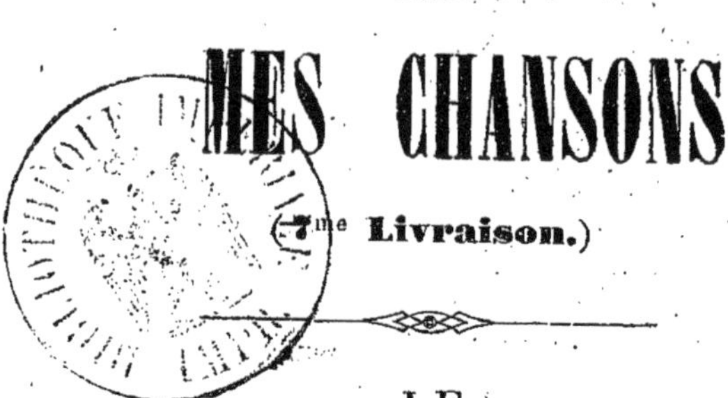

AIR : *Du Mirliton.*

Fatigué du veuvage,
L' pèr' Michel un beau jour,
Aux jeun's fill's d'un village,
S'en va faire sa cour.
Il voudrait, mirlitontaine,
Il voudrait mirlitonton,
Bien qu'il eût la soixantaine,
Trouver un jeune tendron.

Cherche, cherche, mirlitaine,
Cherche, cherche, mirliton ;
Madeleine et Jeanneton
N' voudront pas d'un barbon.

Chacun l'envoyant paître,
Ou feignant d'être sourd,
Il dit au gard'-champêtre :
— Par la voix du tambour,
Fais savoir, mirlitontaine,
Fais savoir, mirlitonton,
Que je n' port' pas d' gilet d' laine,
Ni de bonnet de coton.

Cherche, etc.

Ne perdant pas courage,
Il dit : N'ayez pas peur ;
L' pèr' Michel, à son âge,
Conserve la vigueur
D'un jeun' gars, mirlitontaine,
D'un jeun' gars, mirlitonton ;
A l'ouvrage, il peut sans peine
Prouver qu'il est un luron.

  Cherche, etc.

Parmi les plus ingambes,
Je suis encor cité ;
J'ai bons bras, bonnes jambes,
J'ai l' cœur plein de gaîté.
Regardez, mirlitontaine,
Regardez, mirlitonton,
Je puis, sans que j' perde haleine,
Vous pincer un rigodon.

  Cherche, etc.

Je crois, si je n' m'abuse,
Que vous n'écoutez rien,
Dit l' pèr' Michel ; faut qu' j'use
Alors d'un bon moyen :
C'est d' vous dir', mirlitontaine,
C'est d' vous dir', mirlitonton,
Que j' possède un' cinquantaine
D'hectar's près de ce canton.

Ne cherche plus, mirlitaine,
Ne cherche plus, mirliton,
Madeleine et Jeanneton
Te trouv'nt encor très-bon.

COMME ON S'ENNUIE

EN S'AMUSANT

Air : *Ça doit bien gêner sur l' moment.*

Eh quoi! vraiment, sans plus attendre
Je dois ici me faire entendre ;
Tout en voulant vous fair' plaisir,
J'ai bien peur de n' pas réussir.
Ne voulant pas vous tenir tête,
Je cèd', mais que chacun répète :
En vérité c'est étonnant
Comme on s'en..... nuie en s'amusant!

L'autre soir je vais au spectacle,
Je croyais m' placer sans obstacle ;
Pendant six heures je rest' debout.
Ah! comment trouvez-vous l' ragoût ?
On y donnait deux mélodrames,
En sortant j'étais tout en larmes!
En vérité c'est étonnant
Comme on s'en..... nuie en s'amusant!

Hier, à dîner l'on m'invite,
Faut pas d'mander si j'y cours vite !
C'était chez un traiteur fameux,
J' m'en suis fourré par d'ssus les yeux !
Mais mon ami n' trouv' plus sa bourse,
Il faut qu'ça soit moi qui débourse.
En vérité c'est étonnant
Comme on s'en..... nuie en s'amusant.

Des bains à quatr' sous je raffole,
Par malheur, ce qui me désole
C'est que j' nag' comme un vrai chien d' plomb.
Et pourtant je n' manqu' pas d'aplomb.
J'ai l'air, dans l'eau quand j' me hasarde,
De prendre un bain d' pieds sans moutarde.
En vérité c'est étonnant
Comme on s'en..... nuie en s'amusant!

J'ai toujours eu l'humeur folâtre,
Des p'tits jeux je suis idolâtre,
J'aime à jouer quand il est tard,
A cach'-cache, à colin-maillard.
Mais j' vous avoûrai sans emphase
Qu'aux quatr' coins j' suis toujours le vase.
En vérité c'est étonnant
Comme on s'en..... nuie en s'amusant!

Je vais dernièr'ment à Plaisance,
Chez un' dam' de ma connaissance;
Fallait voir comme nous avons ri!
Tout-à-coup revient son mari :
Je suis resté, l' fait est notoire,
Huit jours caché dans une armoire.
En vérité c'est étonnant
Comme on s'en... nuie en s'amusant!

De tout ça que faut-il conclure?
Je n'en sais trop rien, je vous l' jure;
Serait-ce une indiscrétion,
D'vous d'mander votre opinion?
Mais j' vois dans vos yeux un sourire
Qui semble franchement me dire :
En vérité c'est étonnant
Comme on s'en..... nuie en t'écoutant!!!

LES AMOURS

D'UN HANNETON ET D'UNE ARAIGNÉE

AIR : *En revenant de Bougival en France.*

Un hanneton d'une belle prestance,
   La itou, la itou la la.

D'une araignée avait fait connaissance,

   La itou la la, la, la.
   La itou la la, la.

Viens, lui dit-il, il faut que je te mène,
   La itou, etc.

Au bois d' Boulogne ou bien au bois d' Vincenne.
   La itou, etc.

Dans un coupé tous les deux ils montèrent;
   La itou, etc.

Au Pré-Cat'lan bientôt ils arrivèrent.
   La itou, etc.

Dame araignée avait sa crinoline,
   La itou, etc.

Notre hann'ton mâchonnait sa badine.
   La itou, etc.

A peine entrés sur eux chaque œil se porte ;
   La itou, etc.

Avec décenc' l'araigné' se comporte.
   La itou, etc.

Un moucheron d'une chétive espèce ,
    La itou, etc.

L'apercevant s'écrie : Ah! quell' bell' pièce !
    La itou, etc.

Puis il s'en va rôder près de la belle ,
    La itou, etc.

Dans son lorgnon il jou' de la prunelle ;
    La itou, etc.

Mais l'araignée aperçoit son manége,
    La itou , etc.

Bon! se dit-ell', je vais lui tendre un piége.
    La itou, etc.

Tout doucement alors elle se penche,
    La itou, etc.

— Montez là-haut m'attendre sur un' branche.
    La itou, etc.

Le moucheron, tout fier de sa conquête,
    La itou, etc.

S' met à crier : — Garçon, une canette !
    La itou, etc.

La belle enfant ne se fait pas attendre,
    La itou, etc.

Ell' ôt' ses gants couleur de lilas tendre.
    La itou, etc.

Puis tout-à-coup apercevant un' choppe ,
    La itou, etc.

— Ciel! qu'ai-je vu! suis-je dans une échoppe !
    La itou, etc.

Ah! palsambleu! bien grande est ma surprise,
    La itou, etc.

Est-ce avec ça qu'un' honnêt' femm' se grise?
    La itou, etc.

Sur le mouch'ron avec rage ell' se jette,
    La itou, etc.

Et l' fait périr au fond de sa canette!
    La itou, etc.

Le hanneton la croyant infidèle,
    La itou, etc.

L'étrangl' tout net et se met à jouer d' l'aile.
    La itou, etc.

Et s'il vous faut une moral' quand même,
    La itou, etc.

Mes chers amis, eh bien!... faites-la vous-même!
    La itou, etc.

Paris. Typ. JULES-JUTEAU & Cⁱᵉ, r. St-Denis, 341.